An tOllamh Gorm

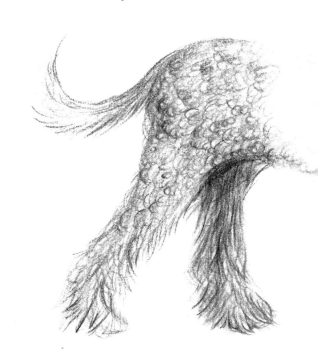

Le Gabriel Rosenstock · Carol Betera a mhaisigh

An tOllamh Gorm
Le Gabriel Rosenstock

© Cló Mhaigh Eo 2012
Teacs © Gabriel Rosenstock
Léaráidí © Carol Betera

ISBN: 978-1-899922-86-4

Foilsithe ag Cló Mhaigh Eo,
Clár Chlainne Mhuiris,
Co. Mhaigh Eo, Éire.
www.leabhar.com
Fón/Faics: 094-9371744 / 086-8859407

Dearadh: raydesign, Gaillimh. raydes@iol.ie
Clóbhuailte in Éirinn ag Clódóirí Lurgan,
Indreabhán, Co. na Gaillimhe

Aithníonn Cló Mhaigh Eo cabhair
Fhoras na Gaeilge i bhfoilsiú an leabhair seo

Foras na Gaeilge

An tOllamh Gorm

Le Gabriel Rosenstock · Carol Betera a mhaisigh

RÉAMHRÁ

Sacré bleu!

N. Sarkozy

Is mise an tOllamh Gorm.
An bhfuil aithne agat ar mo dheartháir,
an tOllamh Sneachtapus?
Ná labhair liom mar gheall air!

Ní maith liomsa
scamaill in aon chor!
An maith leatsa iad?

Spéir mhór ghorm
atá uaimse.
Gorm! Gorm! Gorm!
Cad déarfá?

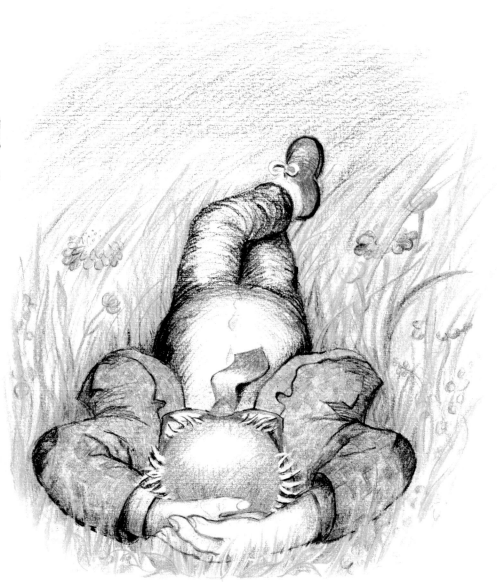

Ní maith liom an dath sin!

Tá sé sin níos fearr!
I bhfad Éireann níos fearr!

Is breá liom siúl cois trá.
Cad fútsa?

Caithfidh sí a bheith ina trá
brait ghoirm, ar ndóigh.

Nach álainn go deo an dath
atá ar an bhfarraige!

Nach gleoite iad!

Tá brocaire gorm agam.
Gorm is ainm dó!
Tá sé chomh sean leis an gceo.

Na bláthanna is fearr liom?
Cloigíní gorma gan dabht!

Is aoibhinn liom cáis ghorm.

Canaim na Gormacha
gach aon oíche.

An scannán is fearr liom?
An tAingeal Gorm, cad eile!

An dán is fearr liom? Éan Gorm le Han Ha-Un:

'Nuair a chaillfear mé, déanfar éan gorm díom
ag eitilt thart sa spéir ghorm, os cionn na ngort gorm
amhráin ghorma agam á gcanadh is deora gorma agam á
gcaoineadh.'

Oíche mhaith, Bluebeard!

Bíonn brionglóidí gorma agam....

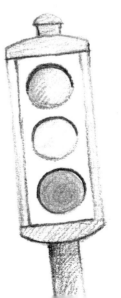

Maidin amháin...

Cuileanna gorma!

Cén torann uafásach é sin?

Cad atá cearr libhse?

Táimid gorm san aghaidh
á rá...
Gorm! Gorm! Gorm!
Gorm! Gorm! Gorm!

Níos fearr. I bhfad Éireann níos fearr.

CRÍOCH

"An tOllamh Gorm? Stop! Ná bí ag caint!!
An tOllamh Sneachtapus

"An tOllamh Gorm? Ní ollamh in aon chor é!"
An tOllamh Folamh

"An tOllamh Gorm, ab ea? Fan amach uaidh!"
An tOllamh Gorm